Analyse de l'œuvre

Par Tram-Bach Graulich
et Anna Lamotte

La Carte et le Territoire

de Michel Houellebecq

lePetitLittéraire.fr

Rendez-vous sur lepetitlitteraire.fr et découvrez :

Plus de 1200 analyses
Claires et synthétiques
Téléchargeables en 30 secondes
À imprimer chez soi

MICHEL HOUELLEBECQ

ROMANCIER, POÈTE, ESSAYISTE ET RÉALISATEUR FRANÇAIS

- **Né en 1956 à La Réunion**
- **Quelques-unes de ses œuvres :**
    - *Le Sens du combat* (1996), recueil de poèmes
    - *Plateforme* (2001), roman
    - *Soumission* (2015), roman

Michel Houellebecq (de son vrai nom Michel Thomas) est né à La Réunion en 1958. Après des études d'agronomie, il entre dans une école de cinématographie qu'il quitte avant d'avoir obtenu son diplôme.

Sa carrière littéraire débute véritablement en 1991, année au cours de laquelle il publie une étude sur H. P. Lovecraft (écrivain américain, 1890-1937) et s'essaie à la poésie. Toutefois, c'est son premier roman, *Extension du domaine de la lutte* (1994), qui le fait connaitre au grand public. Dans cette œuvre, sinistre, Houellebecq propose une peinture acerbe de la société capitaliste en Occident, thème qui sera omniprésent dans son œuvre. Ses romans suivants comme *Les Particules élémentaires* (1998) ou *Plateforme* (2001) achèvent de l'imposer sur la scène littéraire internationale. Après trois nominations, il finit par remporter le prix Goncourt pour son roman *La Carte et le Territoire* obtient en 2010.

LA CARTE ET LE TERRITOIRE

LES SYMPTÔMES D'UNE SOCIÉTÉ DÉVORÉE PAR LE MALÊTRE

- **Genre :** roman
- **Édition de référence :** *La Carte et le Territoire*, Paris, Flammarion, 2010, 450 p.
- **1ʳᵉ édition :** 2010
- **Thématiques :** art, société de consommation, désillusion, succès, mort, malheur

La Carte et le Territoire (2010) raconte l'histoire de Jed Martin, peintre et photographe, et son ascension progressive dans le marché de l'art. Fils d'un père dépressif qui désire se faire euthanasier et avec lequel il entretient des rapports compliqués, Jed Martin est amené, par sa notoriété, à rencontrer de nombreuses personnalités, notamment l'écrivain Michel Houellebecq, qui se met lui-même en scène dans son roman. On y retrouve les thèmes chers à l'écrivain : la société de consommation dominée par l'argent, la misère sexuelle de l'homme occidental, ainsi que la désillusion et la fragilité des relations sociales.

RÉSUMÉ

LA SÉRIE DES MÉTIERS

Issu d'une famille aisée, l'artiste Jed Martin a commencé à peindre alors qu'il était enfant. Son père, Jean-Pierre Martin, était architecte. Sa mère, quant à elle, s'est suicidée alors que Jed n'avait pas encore 7 ans. Après des « années d'adolescence studieuses et tristes » (p. 49) dans un pensionnat jésuite, il entre à l'école des beaux-arts où il se consacre à la photographie d'objets. Ensuite, alors que sa carrière se déroule favorablement, il arrête la photographie et entre dans une période de déprime. Sa seule occupation consiste alors à visionner l'émission *Questions pour un champion*.

Plus tard, après la mort de sa grand-mère, il passe par hasard devant un magasin de cartes Michelin qui fait naitre en lui une révélation : il commence à les photographier et finit par les exposer. C'est alors qu'il rencontre Olga Sheremoyova, du service de communication chez Michelin, avec laquelle il entretient une relation amoureuse. Celle-ci propulse la carrière de Jed. Rapidement, avec le soutien financier de l'entreprise de pneus et l'aide d'une attachée de presse efficace, Marylin Prigent, Jed parvient à se faire un nom dans le marché de l'art. Sur son site Internet, ses photographies se vendent à 2 000 euros pièce.

Enfin, après sa séparation avec Olga qui, ayant reçu une promotion, quitte la France pour la Russie, Jed rompt son travail avec Michelin et entre dans une nouvelle période de crise. Puis, se remettant à la peinture, il entame un projet de plusieurs tableaux intitulé par les historiens de l'art *La Série des métiers*. Il s'agit d'un ensemble d'œuvres représentant des professions diverses qui s'achève par le tableau *Damien Hirst et Jeff Koons se partageant le marché de l'art*. Le peintre s'y attarde depuis longtemps, sans parvenir à le terminer. Trouvant qu'il s'agit finalement d'un « tableau de merde » (p. 30), il le détruit sauvagement.

Invité par le propriétaire d'une galerie, Franz Teller, à exposer ses toiles, Jed Martin décide de prendre contact avec l'écrivain Michel Houellebecq pour que celui-ci rédige le catalogue de sa future exposition. Après avoir contacté l'écrivain Frédéric Beigbeder, Jed décide de se rendre lui-même à la résidence de Houellebecq qui se trouve en Irlande. Ce dernier, qui se révèle être un misanthrope aigri et cynique, y mène une vie solitaire. En guise de rémunération pour la rédaction de son catalogue, Jed lui propose soit la somme de 10 000 euros, soit un portrait de lui. Sans enthousiasme, Houellebecq dit préférer la seconde option. Le tableau s'intitulera *Michel Houellebecq écrivain*, et sa valeur sera estimée à 700 000 euros. L'exposition de *La Série des métiers* est finalement inaugurée et remporte un vif succès. Dès lors, les hommes les plus riches du monde font appel à Jed pour qu'il réalise leur portrait, à un million d'euros la commande.

LE MEURTRE DE MICHEL HOUELLEBECQ

Un jour, lors d'une soirée huppée chez le présentateur de télévision Jean-Pierre Pernaut, Jed retrouve Olga, qu'il n'a plus vue depuis dix ans. Mais leur rencontre ne fait que mettre à jour leur vieillesse et, après une nuit chaste, Jed décide de quitter Olga. Il se rend alors chez Michel Houellebecq à qui il offre son tableau.

Quelque temps plus tard, l'auteur est retrouvé dans sa demeure, décapité et le corps complètement déchiqueté de manière à former un motif étrange. C'est l'inspecteur de police Jasselin qui est chargé de l'enquête. L'expertise conclut rapidement que l'assassin a utilisé un découpeur laser après avoir tué l'écrivain d'un coup de révolver. Après examen de l'ordinateur de Houellebecq, il semble que celui-ci n'avait plus aucune vie privée. Du coup, Jasselin et ses collègues se retrouvent sans suspect. Cependant, la police finit par tomber sur Jed Martin qui, au même moment, rencontre des problèmes avec son père, déjà âgé. Jean-Pierre Martin ne cesse en effet de répéter sa lassitude de la vie et a la ferme intention de se faire euthanasier.

Un jour, Jasselin arrive chez Jed Martin et lui présente les photographies du corps déchiqueté que l'artiste prend tout d'abord pour un tableau de Pollock (peintre américain, 1912-1956). Il est ensuite emmené sur le lieu du crime et remarque que le tableau qu'il a offert à Houellebecq a disparu. La police conclut donc qu'il s'agit d'un vol banal d'œuvre d'art et l'affaire est close. Cependant, trois ans plus tard, dans le cadre d'une obscure affaire de trafic d'insectes, on découvre dans la demeure d'un chirurgien le portrait de Houellebecq. Le tableau, évalué à 12 millions d'euros, est remis à Jed.

Par la suite, à l'approche de Noël, ce dernier apprend que son père s'est rendu à Zurich dans un hôpital pour mettre fin à ses jours.

Jed est totalement désœuvré et décide de se retirer quelque temps dans l'ancienne maison de ses grands-parents où il retrouve ses dessins d'enfance. Il décide ensuite de terminer sa vie dans un petit village isolé où, durant les trente dernières années de son existence, en proie à une mélancolie sinistre, il filme des photographies de personnes qu'il a connues (Olga, son père, etc.) en train de se détériorer naturellement à l'air libre.

ÉTUDE DES PERSONNAGES

JED MARTIN

Jed Martin est le personnage principal. De tempérament fort mélancolique, sa vie est parsemée de périodes de dépression (par exemple, après ses études de photographie). Devenu un artiste reconnu grâce à sa rencontre avec Olga Sheremoyova qui l'introduit chez Michelin, il devient une sorte d'objet de marché : ses œuvres d'art sont cotées, et leur prix fluctue constamment selon les lois de l'offre et de la demande. Aidé par la puissance de l'entreprise Michelin et par une attachée de presse efficace, Marilyn Prigent, Jed Martin finit par connaitre un succès mondial. Cependant, cette réussite ne suffit pas à lui amener le bonheur et à lui ôter son caractère mélancolique.

Sa vie est marquée par une grande solitude, dont tous les protagonistes de Houellebecq semblent affectés, et qui est celle de l'homme occidental moderne condamné à n'être qu'un rouage dans l'engrenage d'une société capitaliste aveugle. C'est le cas de Jed Martin qui, malgré ses succès professionnels, se retrouve toujours face aux problèmes fondamentaux que sont l'amour (et ensuite la perte) d'une femme (Olga) et les relations conflictuelles avec la figure du père (Jean-Pierre Martin). Il finit par s'éloigner de la société et vit en ermite jusqu'à sa mort.

JEAN-PIERRE MARTIN

Jean-Pierre Martin est le père de Jed Martin. C'est un personnage décrépit et extrêmement déprimant. Après avoir mené une brillante carrière professionnelle comme architecte, il est vieillissant et vit dans une solitude extrême lorsque Jed Martin est au sommet de son art. Répétant sans cesse son dégout de la vie, il ne désire qu'une chose : se faire euthanasier, ce qu'il finit par accomplir à la fin du roman.

Entre le père et le fils existe une sorte de fêlure. Les deux personnages sont en effet incapables de communiquer l'un avec l'autre, d'autant plus que le spectre de la mère de Jed, qui s'est suicidée, plane sur eux, ce qui teinte leur relation d'un caractère morbide. Ce type de personnage est fréquent dans les romans de Houellebecq. Il symbolise le vieillard impuissant (« avec un anus artificiel », p. 342) et aigri jusqu'à l'os.

OLGO SHEREMOYOVA

Amante de Jed Martin, Olga est attachée au service de communication de l'entreprise Michelin. Avec son physique de bimbo, elle tient presque du cliché, comme le montre sa description lors de sa première apparition dans le roman : « Avec son teint pâle, presque translucide, ses cheveux d'un blond platine et ses pommettes saillantes, elle correspondait parfaitement à l'image de la beauté slave. » (p. 64)

Amoureuse de Jed Martin, elle est contrainte de le quitter suite à une promotion qui la conduit en Russie, Jed n'osant rien faire pour la retenir. Lorsque les deux amants se rencontrent dix ans plus tard, ils se rendent compte que leur vie de couple aurait pu prendre un autre tour (mariage, enfants, etc.), mais qu'il est trop tard. S'ensuit un énorme sentiment de regret. Il n'y a jamais d'amour heureux dans les romans de Houellebecq et, au final, Olga aura été un échec dans la vie de Jed, trop lâche pour s'engager. Ce regret le hante toutefois jusqu'à la fin de ses jours.

MARILYN PRIGENT

Attachée de presse, Marilyn contribue en grande partie à l'ascension fulgurante de Jed Martin dans le monde de l'art et à son succès. Physiquement, elle constitue l'opposé d'Olga : elle est qualifiée de « petite chose souffreteuse, maigre et presque bossue » (p. 78). Cependant, plusieurs années plus tard, alors que Jed prépare l'exposition de ses tableaux *La Série des métiers*, elle a radicalement changé et confie, sans aucune gêne, mener une vie sexuelle débridée.

MICHEL HOUELLEBECQ

La figure de Michel Houellebecq se révèle être le summum de la misanthropie. Vivant reclus en Irlande avec pour seul compagnon un chien nommé ironiquement Platon, il nourrit un dégout profond pour le monde et l'humanité en général.

Suite à son assassinat, la police, fouillant dans sa vie personnelle, découvre que celle-ci était à peu près nulle (pas d'amis, pas de relations, etc.). Sa tête décapitée et son corps déchiqueté répandu dans tout le salon évoquent une peinture abstraite de Pollock et font songer au principe de « performance » et « body art » (p. 351). Il s'agit de phénomènes artistiques typiques de l'art contemporain, où le corps de l'artiste devient une œuvre d'art (exemples : motifs tracés au couteau sur le ventre, corps couvert de miel et de mouches, artiste cloisonné dans une bulle exposée dans la rue, etc.). D'une certaine façon, Houellebecq se moque de ces pratiques extrêmes en mettant en scène sa propre mort assimilée ironiquement à une performance artistique.

JEAN-PIERRE JASSELIN

Le commissaire Jean-Pierre Jasselin est le policier qui mène l'enquête sur le meurtre sauvage de Michel Houellebecq. Il apparait dans la troisième partie de l'ouvrage où l'on suit désormais l'histoire à travers ses yeux, non plus à travers ceux de Jed.

Avec ce personnage, Houellebecq fait entrer un nouveau registre dans son roman : celui du roman policier. Michel Houellebecq confie dans ses remerciements qu'il s'est beaucoup informé auprès de la police, et plus particulièrement au Quai des Orfèvres, pour écrire *La Carte et le Territoire*.

Proche de la retraite, le commissaire Jasselin n'en reste pas moins un très grand professionnel, toujours consciencieux et avide de vérité, il détient toutes les qualités du bon policier. Il transmet son savoir en donnant des cours dans un institut de formation des commissaires. Marié depuis vingt-cinq ans à Hélène, Jean-Pierre Jasselin est « oligospermatique » (p. 296) ; le couple n'a jamais eu d'enfants. De par son métier, le commissaire est bien placé pour connaitre l'aspect sordide de la nature humaine, « ce qu'il ressentait était moins du dégoût qu'une sorte de pitié générale pour la terre entière » (p. 290). Pour supporter de voir la mort en face, la barbarie de certaines scènes de crimes, il a suivi des cours de méditation bouddhiste qui ne l'empêchent cependant pas de ressentir « de la haine pour le meurtrier, de la haine et de la peur » (p. 291). Il ne résoudra finalement pas l'enquête sur le meurtre de Houellebecq avant de partir à la retraite.

CLÉS DE LECTURE

POURQUOI CE TITRE ?

Le titre du roman renvoie au nom donné à l'exposition des photographies de Jed à la fondation Michelin : « LA CARTE EST PLUS INTERESSANTE QUE LE TERRITOIRE » (p. 82). Par celui-ci, Houellebecq démontre, dans la première partie du roman, la supériorité de la représentation sur le réel. La carte fascine, elle prouve le pouvoir du géographe, et par extension celui de l'artiste et de l'homme en général, sur le monde. Les cartes Michelin permettent d'ailleurs à Jed Martin d'accéder au succès. Le critique Patrick Kéchichian affirme d'ailleurs dans le journal *Le Monde* que Jed « adopte le point de vue d'un Dieu coparticipant, aux côtés de l'homme, à la (re)construction du monde » (p. 84).

Mais Houellebecq s'inspire avant tout des travaux de l'intellectuel polonais Alfred Korzybski (1879-1950), fondateur de la sémantique générale et inventeur de l'aphorisme (phrase qui résume une vérité fondamentale) « une carte n'est pas le territoire ». Pour résumer, Korzybski soutient que le langage (la carte), loin d'être un dispositif anodin, n'est pas la réalité (le territoire) qu'il s'emploie à désigner. Il en va de même pour l'art. Jed a du mal à en prendre conscience puisqu'il « se lan[ce] dans une carrière artistique sans autre projet que celui [...] de donner une description objective du monde » (p. 51). Ainsi, l'ambition d'objectivité de l'artiste relève finalement être de l'ordre de l'utopie.

La carte n'est-elle pas aussi ici le livre qui permet d'explorer le monde ? On peut imaginer que Houellebecq en a lui-même profité pour prendre du recul sur son rôle d'écrivain qui, à travers ses mots, offre une lisibilité subjective de la réalité.

Toujours dans cette optique de divergence entre réalité et représentation, le filtre de la télévision déforme le territoire. Le journal de 13 heures n'est donc pas la France, mais plutôt la vision de la France de Jean-Pierre Pernaut, soit une France pleine de clichés, comme le prouve la soirée de réveillon du nouvel an chez le présentateur. Chaque salon de l'hôtel particulier du journaliste met en avant une spécificité régionale, des « sonneurs de biniou bretons » aux « serveuses alsaciennes en coiffe » en passant par le « stand des produits auvergnats » (p. 239). Son bureau, rempli de guides touristiques, laisse présager d'une vision stéréotypée et par conséquent biaisée du pays.

Le territoire est en outre défiguré par les zones commerciales mais l'une des activités principales de Jed consiste à se rendre dans divers supermarchés, dont l'enseigne est à chaque fois scrupuleusement nommée. Cette surenchère de noms de grandes surfaces révèle l'ironie de Houellebecq. Ces supermarchés vont même devenir synonymes de bonheur pour Jed, ce qui semble plutôt curieux pour un artiste : « Il avait, quelquefois, l'hypermarché pour lui tout seul – ce qui lui paraissait être une assez bonne approximation du bonheur. » (p. 410) Du territoire, Jen ne profite finalement que de peu de choses.

Le visage du territoire change au fil du temps, et ce, jusqu'à la fin du livre. La désindustrialisation provoque des bouleversements au niveau de l'architecture, l'abandon des bâtiments et la réhabilitation de certaines usines en ateliers d'artistes. *La Carte et le Territoire* nous projette, par ce biais-là, dans un futur proche. L'essor du tourisme vert redéfinit en effet la ruralité : les paysans tristes et rustres n'existent plus. Ils ont laissé place à une population des zones urbaines venues s'installer à la campagne animées « d'un vif esprit d'entreprise et parfois de convictions écologiques modérées, commercialisables » (p. 414).

Dans l'épilogue, on assiste à un retour à la nature, en Creuse. Jed s'isole en clôturant son immense domaine recouvert de forêt, comme l'avait fait son père dans sa maison du Raincy au début du livre, ce que Jed paraissait d'ailleurs critiquer. L'artiste veut empêcher les hommes de passer, surtout les chasseurs. S'il sauve les bêtes de la mort, il provoque à contrario la détérioration des objets et des photos de ses proches en les exposant aux intempéries.

Le livre se termine comme si Houellebecq nous contait la morale d'une fable, avec cette dernière phrase apocalyptique : « Le triomphe de la végétation est total. » (p. 428) Dans cette vision post-moderne, la nature l'emporte et l'espèce humaine est anéantie. Le territoire reprend ses droits sur la carte, le réel sur la représentation humaine. La nature, c'est bien connu, a horreur du vide.

LE MARCHÉ DE L'ART CONTEMPORAIN

La Carte et le Territoire a été salué par la critique pour sa description féroce du marché de l'art contemporain. En effet, le monde de l'art ne se raisonne dans le roman, qu'en termes de marché, et l'œuvre d'art y est considérée comme un produit, social et économique.

Ainsi, la carrière de Jed décolle vraiment lorsqu'il commence à photographier des cartes Michelin, ce qui est ironique, vu que le sujet parait dénué d'intérêt artistique. Ces photographies lui assurent cependant le mécénat d'une entreprise puissante qui l'impose véritablement dans le monde de l'art. On touche ici la définition de la valeur d'une œuvre d'art telle qu'elle fut développée par le sociologue français Pierre Bourdieu (1930-2002). En résumé et pour faire simple, une œuvre d'art acquiert de la valeur dès qu'un ensemble d'individus (ayant une influence plus ou moins grande dans le champ culturel) considère que l'œuvre en question a de la valeur.

On aboutit ainsi à un paradoxe : une œuvre d'art a de la valeur lorsque des gens proclament que celle-ci en a, ce qui est une sorte de tautologie et peut sembler absurde. Et pourtant, c'est ainsi que les choses fonctionnent. Le succès de Jed est véritablement orchestré par l'entreprise Michelin (qui nourrit de cette manière ses propres intérêts économiques) et par une attachée de presse brillante qui le fait connaitre auprès des journaux.

Le rôle des journaux et des critiques est de « produire un discours théorique quelconque » (p. 159) de manière à légitimer l'œuvre de Jed en la situant dans un contexte, dans un courant artistique, bref, dans l'Histoire de l'art. Dans *La Carte et le Territoire*, il n'est question que de stratégies économiques et de tactiques journalistiques pour faire fructifier la carrière artistique de Jed.

Le roman débute avec la réalisation du tableau *Damien Hirst et Jeff Koons se partageant le marché de l'art*. Ces deux artistes n'ont pas été choisis par hasard. L'Anglais Damien Hirst est le mieux côté du marché de l'art contemporain en 2010, date de sortie du roman, tandis que l'Américain Jeff Koons se classe quatrième. Ils représentent les deux plus grosses fortunes de l'art. Pourtant, Koons ne réalise aucune de ses œuvres lui-même. Il dirige un atelier de cent personnes qui fabriquent ses idées. Ses *Balloon Dogs*, des sculptures en acier représentant des ballons en forme de chien, sont emblématiques de son art, mais il a également utilisé des appareils électroménagers et des jouets comme Jed Martin en photographiera. Ce procédé par lequel l'artiste élève un objet manufacturé au rang d'œuvre d'art s'appelle un *ready-made*. Damien Hirst a lui aussi exposé des objets banals tels que du mobilier, des médicaments ou des mégots. Il a fait de la mort son thème central et travaille notamment à partir de cadavres d'animaux.

Si Jed est parvenu dans son tableau à représenter Hirst avec son air de dire « je chie sur vous du haut de mon fric » (p. 10), il n'arrive pas à saisir l'expression contradictoire de Koons, aussi difficile à peindre qu'« un pornographe mormon » (*ibid.*), un oxymore savoureux… Cet échec de la représentation de l'artiste par l'artiste, Jed ne le supportera pas et il finira par détruire la toile.

LES SYMPTÔMES D'UNE SOCIÉTÉ MORIBONDE

Houellebecq se plait depuis ses premiers romans à décrire une société moribonde, dévorée par le malêtre et la dépression. Cet état de fait tiendrait à plusieurs facteurs :

- la société contemporaine est une société capitaliste gouvernée par l'argent (voir la description du marché de l'art) et où l'appât du profit tue les relations sociales (Olga quitte Jed suite à une promotion qui l'amène à partir en Russie ; Houellebecq est assassiné afin de lui voler son portrait qui vaut 700 000 euros, etc.) ;
- notre société occidentale est sécularisée, c'est-à-dire qu'elle a exclu Dieu (et toute divinité) de son système de pensée, ce qui est cause de désespoir. Cependant, Houellebecq semble n'avoir que mépris pour l'institution religieuse ;
- un point crucial dans l'œuvre de Houellebecq est que la sexualité moribonde ou malsaine des personnages constitue le symbole suprême d'une société en perdition. Quand Jed et Olga se retrouvent après dix ans, ils n'arrivent plus à faire l'amour. Houellebecq fréquente des bordels en Thaïlande, l'inspecteur Jasselin est impuissant sexuellement, etc. Le sexe, qui appartient à la sphère la plus intime des individus, est exsangue ou déviant et est, de plus, cause de tristesse ou de mélancolie pour les personnages. Ainsi, à la fin de sa vie, Jed entrevoit sa vie sexuelle passée (« Lui revinrent d'autres souvenirs de seins souples, de langues agiles, de vagins étroits », p. 427), ce qui est cause chez lui d'une mélancolie atroce.

Le sexe devient le symbole, à l'échelle de l'individu-sujet, d'une société en perdition dans son ensemble.

L'IRONIE, MARQUE DE FABRIQUE DE HOUELLEBECQ

Le style de Houellebecq se caractérise par une grande ironie qui tend parfois à l'humour noir.

Houellebecq use fréquemment – voire de façon abusive – de citations stéréotypées mises en italique : « Au cours de ces dix années, il [Jed] avait *produit une œuvre* comme on dit » (p. 241) ; « Ils étaient encore heureux ensemble, et le seraient encore probablement, *jusqu'à ce que la mort les sépare* » (p. 299) ; « On pouvait dire qu'ils avaient encore *quelques belles années devant eux.* » (p. 330) La mise en italique de certaines expressions peut sembler anodine. Pourtant, cette technique introduit une distance ironique entre les formules utilisées et la position même de l'auteur qui semble ainsi se moquer de celles-ci.

De nombreux passages du roman se présentent comme de longues descriptions encyclopédiques. Certaines ont même été reprises telles quelles de *Wikipédia*. Cette technique rapproche Houellebecq de la figure de Lautréamont (écrivain français, 1846-1870), qui usait de cette même démarche dans *Les Chants de Maldoror* (1869). Houellebecq écrit par exemple ceci : « La Mercedes berline classe C, la Mercedes berline classe E sont davantage paradigmatiques. La Mercedes en général est la voiture de ceux qui ne s'intéressent pas tellement aux voitures, qui privilégient la sécurité et le confort aux sensations de conduite » (p. 355) ; « Une oligospermie peut avoir des origines très diverses : varicocèle testiculaire, atrophie testiculaire, déficit hormonal, infection chronique de la prostate, grippe, d'autres causes. » (p. 297) Ce procédé peut être qualifié d'ironique dans la mesure où il discrédite (en se moquant d'elle) la pratique même de l'écrivain qui est censé inventer son histoire de toutes pièces et non la tirer de documents encyclopédiques.

Enfin, Houellebecq introduit quelques personnalités françaises contemporaines comme personnages de roman qui sont souvent décrites ou esquissées avec beaucoup d'humour et de distance. Ainsi, on retrouve, entre autres, Julien Lepers, Jean-Pierre Pernaut, Frédéric Beigbeder, Michel Houellebecq lui-même ou encore Claire Chazal. Houellebecq joue ainsi à se décrire lui-même comme un rustre alcoolique et un dépressif fini, ce qu'il n'est pas tout à fait dans la réalité, ces traits relevant surtout de la pose de l'écrivain, de l'image qu'il se donne, notamment à des fins de marketing.

LE CONTEXTE DE RÉCEPTION DE L'ŒUVRE

En 2010, Houellebecq a reçu le prix Goncourt pour *La Carte et le Territoire* dans un contexte littéraire assez emblématique de la situation de la littérature à l'heure actuelle. Alors que la quantité de livres publiés chaque année est faramineuse, un prix littéraire permet à une œuvre en particulier de se démarquer des autres et de booster les ventes de son éditeur. Un livre prisé lors d'un concours prestigieux peut ainsi amener parfois jusqu'à un tiers des recettes totales d'un éditeur, d'où la compétition effrénée entre les différentes maisons d'édition citées dans les prétendants au titre. De même que le monde de l'art contemporain, le monde de la littérature est un marché.

C'est ainsi que beaucoup de critiques ont accusé Houellebecq d'avoir écrit *La Carte et le Territoire* expressément pour obtenir le prix Goncourt, en accord avec sa maison d'édition, Flammarion. En témoignent par exemple :

- les « clins d'œil » (ou *name dropping*), à savoir l'apparition dans son roman de personnalités françaises ;
- la présence d'une intrigue policière alors que le roman policier est un genre à la mode ;
- et surtout, le fait que Houellebecq ait atténué la violence de son discours critique par rapport à ses romans précédents de manière à être acceptable aux yeux du jury (par exemple, l'absence de scènes sexuelles glauques comme on en trouve dans *La Possibilité d'une île*).

De plus, Houellebecq est publié chez Flammarion, qui n'a plus reçu le prix Goncourt depuis quatre ans. Or le jury d'un prix peut être rapidement accusé de favoritisme envers une maison d'édition en particulier s'il persiste à favoriser ses écrivains au détriment des autres, d'autant plus que Houellebecq avait déjà été nommé trois fois pour le Goncourt sans jamais être élu. Autant de facteurs, qui n'ont rien à voir avec la littérature en tant que telle et qui ont favorisé l'obtention du prix, et donc le succès de ce roman.

Le Prix Goncourt

Le prix Goncourt est le prix littéraire le plus ancien et le plus convoité par les auteurs français. Il a été créé par Edmond de Goncourt en 1892, appliquant le souhait que l'écrivain et critique littéraire avait exprimé dans son testament. Décerné par l'académie Goncourt dont l'actuel président est Bernard Pivot, ce prix récompense chaque année au mois de novembre le meilleur ouvrage d'imagination en prose.

En 2010, *La Carte et le Territoire* était notamment en concurrence avec *Naissance d'un pont* de Maylis de Kerangal et *Apocalypse Bébé* de Virginie Despentes qui obtiendra de son côté le prix Renaudot. Michel Houellebecq a déclaré à la presse lors de la réception de son prix tant attendu au fameux restaurant parisien Drouant : « C'est une sensation bizarre mais je suis profondément heureux. Il y a des gens qui ne sont au courant de la littérature contemporaine que grâce au Goncourt, et la littérature n'est pas au centre des préoccupations des Français, donc c'est intéressant. »

PISTES DE RÉFLEXION

QUELQUES QUESTIONS POUR APPROFONDIR SA RÉFLEXION...

- Décrivez en quelques étapes le parcours professionnel de Jed Martin. À quoi celui-ci doit-il son succès (ses relations, son talent, la chance, etc.) ?
- En quoi la vie de Jed Martin telle qu'elle est décrite dans *La Carte et le Territoire* s'inspire d'éléments de celle de Michel Houellebecq ?
- Qu'est-ce que le body art ? Que pensez-vous de cette forme d'art ? Considérez-vous qu'il s'agisse vraiment d'art ? Argumentez.
- Pourquoi peut-on dire que le monde de l'art est un marché ? Expliquez.
- Développez le thème de la misère sexuelle dans le roman. Quel lien entretient-elle avec la société capitaliste occidentale que critique Houellebecq ?
- Comment peut-on qualifier la technique stylistique du collage chez Houellebecq ? Quel auteur du XIXe siècle pratiquait déjà cette technique ?
- En quoi le style de Houellebecq est-il fondé sur l'ironie et l'humour noir ?
- Selon vous, qu'est-ce qui fait de Michel Houellebecq un des écrivains français contemporains les plus en vue de notre époque ?
- Que pensez-vous du fait que Michel Houellebecq se mette lui-même en scène dans son livre, et de l'image qu'il donne de lui-même ? À votre avis, quel objectif poursuit-il ?

Votre avis nous intéresse !
Laissez un commentaire sur le site de votre librairie en ligne
et partagez vos coups de cœur sur les réseaux sociaux !

POUR ALLER PLUS LOIN

ÉDITION DE RÉFÉRENCE

- Houellebecq M., *La Carte et le Territoire*, Paris, Flammarion, 2010.

ÉTUDES DE RÉFÉRENCE

- Korzybski A., Séminaire de sémantique générale, s.l., 1937.
- « *La Carte et le Territoire*, le Goncourt gagnant de Houellebecq », in *Le Figaro.fr*, consulté le 27 octobre 2016, http://www.lefigaro.fr/livres/2016/07/15/03005-20160715ARTFIG00015--la-carte-et-le-territoire-le-goncourt-gagnant-de-houellebecq.php
- « Le Goncourt sacre Michel Houellebecq », in *Libération.fr*, consulté le 27 octobre 2016, http://next.liberation.fr/livres/2010/11/08/le-goncourt-sacre-michel-houellebecq_692184

SUR LEPETITLITTÉRAIRE.FR

- Fiche de lecture sur *Soumission* de Michel Houellebecq.

www.lepetitlitteraire.fr

ISBN version numérique : 978-2-8062-1781-3
ISBN version papier : 978-2-8062-1290-0
Dépôt légal : D/2013/12603/264

Avec la collaboration d'Anna Lamotte pour l'analyse du personnage de Jean-Pierre Jasselin ainsi que pour le chapitre « Pourquoi ce titre ? » ainsi que pour les encadrés « Damien Hirst et Jeff Koons se partageant le marché de l'art » et « Le Prix Goncourt ».

Conception numérique : Primento,
le partenaire numérique des éditeurs.

Ce titre a été réalisé avec le soutien de la Fédération Wallonie-Bruxelles, Service général des Lettres et du Livre.

Retrouvez notre offre complète sur lePetitLittéraire.fr

- des fiches de lectures
- des commentaires littéraires
- des questionnaires de lecture
- des résumés

ANOUILH
- Antigone

AUSTEN
- Orgueil et Préjugés

BALZAC
- Eugénie Grandet
- Le Père Goriot
- Illusions perdues

BARJAVEL
- La Nuit des temps

BEAUMARCHAIS
- Le Mariage de Figaro

BECKETT
- En attendant Godot

BRETON
- Nadja

CAMUS
- La Peste
- Les Justes
- L'Étranger

CARRÈRE
- Limonov

CÉLINE
- Voyage au bout de la nuit

CERVANTÈS
- Don Quichotte de la Manche

CHATEAUBRIAND
- Mémoires d'outre-tombe

CHODERLOS DE LACLOS
- Les Liaisons dangereuses

CHRÉTIEN DE TROYES
- Yvain ou le Chevalier au lion

CHRISTIE
- Dix Petits Nègres

CLAUDEL
- La Petite Fille de Monsieur Linh
- Le Rapport de Brodeck

COELHO
- L'Alchimiste

CONAN DOYLE
- Le Chien des Baskerville

DAI SIJIE
- Balzac et la Petite Tailleuse chinoise

DE GAULLE
- Mémoires de guerre III. Le Salut. 1944-1946

DE VIGAN
- No et moi

DICKER
- La Vérité sur l'affaire Harry Quebert

DIDEROT
- Supplément au Voyage de Bougainville

DUMAS
• Les Trois
  Mousquetaires

ÉNARD
• Parlez-leur
  de batailles,
  de rois et
  d'éléphants

FERRARI
• Le Sermon sur la
  chute de Rome

FLAUBERT
• Madame Bovary

FRANK
• Journal
  d'Anne Frank

FRED VARGAS
• Pars vite et
  reviens tard

GARY
• La Vie devant soi

GAUDÉ
• La Mort du
  roi Tsongor
• Le Soleil des
  Scorta

GAUTIER
• La Morte
  amoureuse
• Le Capitaine
  Fracasse

GAVALDA
• 35 kilos d'espoir

GIDE
• Les
  Faux-Monnayeurs

GIONO
• Le Grand
  Troupeau
• Le Hussard
  sur le toit

GIRAUDOUX
• La guerre de
  Troie
  n'aura pas lieu

GOLDING
• Sa Majesté des
  Mouches

GRIMBERT
• Un secret

HEMINGWAY
• Le Vieil Homme
  et la Mer

HESSEL
• Indignez-vous !

HOMÈRE
• L'Odyssée

HUGO
• Le Dernier Jour
  d'un condamné
• Les Misérables
• Notre-Dame
  de Paris

HUXLEY
• Le Meilleur
  des mondes

IONESCO
• Rhinocéros
• La Cantatrice
  chauve

JARY
• Ubu roi

JENNI
• L'Art français
  de la guerre

JOFFO
• Un sac de billes

KAFKA
• La Métamorphose

KEROUAC
• Sur la route

KESSEL
• Le Lion

LARSSON
• Millenium I. Les
  hommes qui
  n'aimaient pas
  les femmes

LE CLÉZIO
• Mondo

LEVI
• Si c'est un
  homme

LEVY
• Et si c'était vrai…

MAALOUF
• Léon l'Africain

MALRAUX
• La Condition
  humaine

MARIVAUX
• La Double
  Inconstance
• Le Jeu de l'amour
  et du hasard

MARTINEZ
• Du domaine
  des murmures

MAUPASSANT
• Boule de suif
• Le Horla
• Une vie

MAURIAC
• Le Nœud
  de vipères

MAURIAC
• Le Sagouin

MÉRIMÉE
• Tamango
• Colomba

MERLE
• La mort est
  mon métier

MOLIÈRE
• Le Misanthrope
• L'Avare
• Le Bourgeois
  gentilhomme

MONTAIGNE
• Essais

MORPURGO
• Le Roi Arthur

MUSSET
• Lorenzaccio

MUSSO
• Que serais-je
  sans toi ?

NOTHOMB
• Stupeur et
  Tremblements

ORWELL
• La Ferme
  des animaux
• 1984

PAGNOL
• La Gloire de
  mon père

PANCOL
• Les Yeux jaunes
  des crocodiles

PASCAL
• Pensées

PENNAC
• Au bonheur
  des ogres

POE
• La Chute de la
  maison Usher

PROUST
• Du côté de
  chez Swann

QUENEAU
• Zazie dans
  le métro

QUIGNARD
• Tous les matins
  du monde

RABELAIS
• Gargantua

RACINE
• Andromaque
• Britannicus
• Phèdre

ROUSSEAU
• Confessions

ROSTAND
• Cyrano de
  Bergerac

ROWLING
• Harry Potter à
  l'école des sor-
  ciers

SAINT-EXUPÉRY
• Le Petit Prince
• Vol de nuit

SARTRE
• Huis clos
• La Nausée
• Les Mouches

SCHLINK
• Le Liseur

SCHMITT
- La Part de l'autre
- Oscar et la
  Dame rose

SEPULVEDA
- Le Vieux qui
  lisait des romans
  d'amour

SHAKESPEARE
- Roméo et Juliette

SIMENON
- Le Chien jaune

STEEMAN
- L'Assassin
  habite au 21

STEINBECK
- Des souris et
  des hommes

STENDHAL
- Le Rouge et
  le Noir

STEVENSON
- L'Île au trésor

SÜSKIND
- Le Parfum

TOLSTOÏ
- Anna Karénine

TOURNIER
- Vendredi ou
  la Vie sauvage

TOUSSAINT
- Fuir

UHLMAN
- L'Ami retrouvé

VERNE
- Le Tour
  du monde
  en 80 jours
- Vingt mille
  lieues sous
  les mers
- Voyage au
  centre de
  la terre

VIAN
- L'Écume des jours

VOLTAIRE
- Candide

WELLS
- La Guerre des
  mondes

YOURCENAR
- Mémoires
  d'Hadrien

ZOLA
- Au bonheur
  des dames
- L'Assommoir
- Germinal

ZWEIG
- Le Joueur
  d'échecs

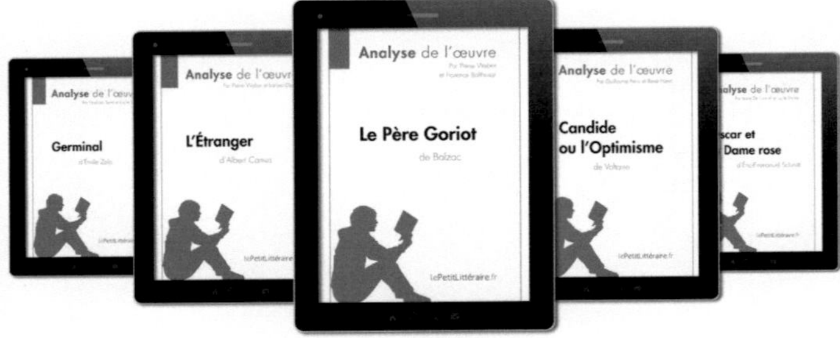